LUbi

Le loup qui avait peur de tout

Pour Antonin

Responsable de la collection : Frédérique Guillard

Ann Rocard

Le loup qui avait peur de tout

Illustrations de Christophe Merlin

NATHAN

C'était un énorme loup

aux oreilles velues,

aux longues dents pointues,

qui vivait

dans une profonde forêt

de l'autre côté de la terre.

Il s'appelait Garou-Garou.

Personne n'osait

l'approcher.

Personne n'osait lui parler.

Et tout le monde tremblait
en chuchotant :
– Méfiez-vous ! Méfiez-vous !
C'est le plus féroce des loups !

Quand Garou-Garou
s'avançait dans la forêt,
les lapins plongeaient
dans leurs terriers, les cerfs
s'enfuyaient entre les fourrés,
les oiseaux s'envolaient
au sommet des arbres
et le vieux hibou ululait :
– Méfiez-vous ! Méfiez-vous !
C'est le plus féroce des loups !

Les animaux terrifiés fermaient les yeux pour ne pas voir passer le terrible Garou-Garou.

Pourtant, l'énorme loup
avait peur de tout : des serpents
qui se dandinaient sur le sentier,
des crapauds qui faisaient
des bulles dans l'eau,
des minuscules araignées
et même des escargots !
Mais ce qu'il détestait par-dessus
tout, c'était de se retrouver
le soir dans le noir.

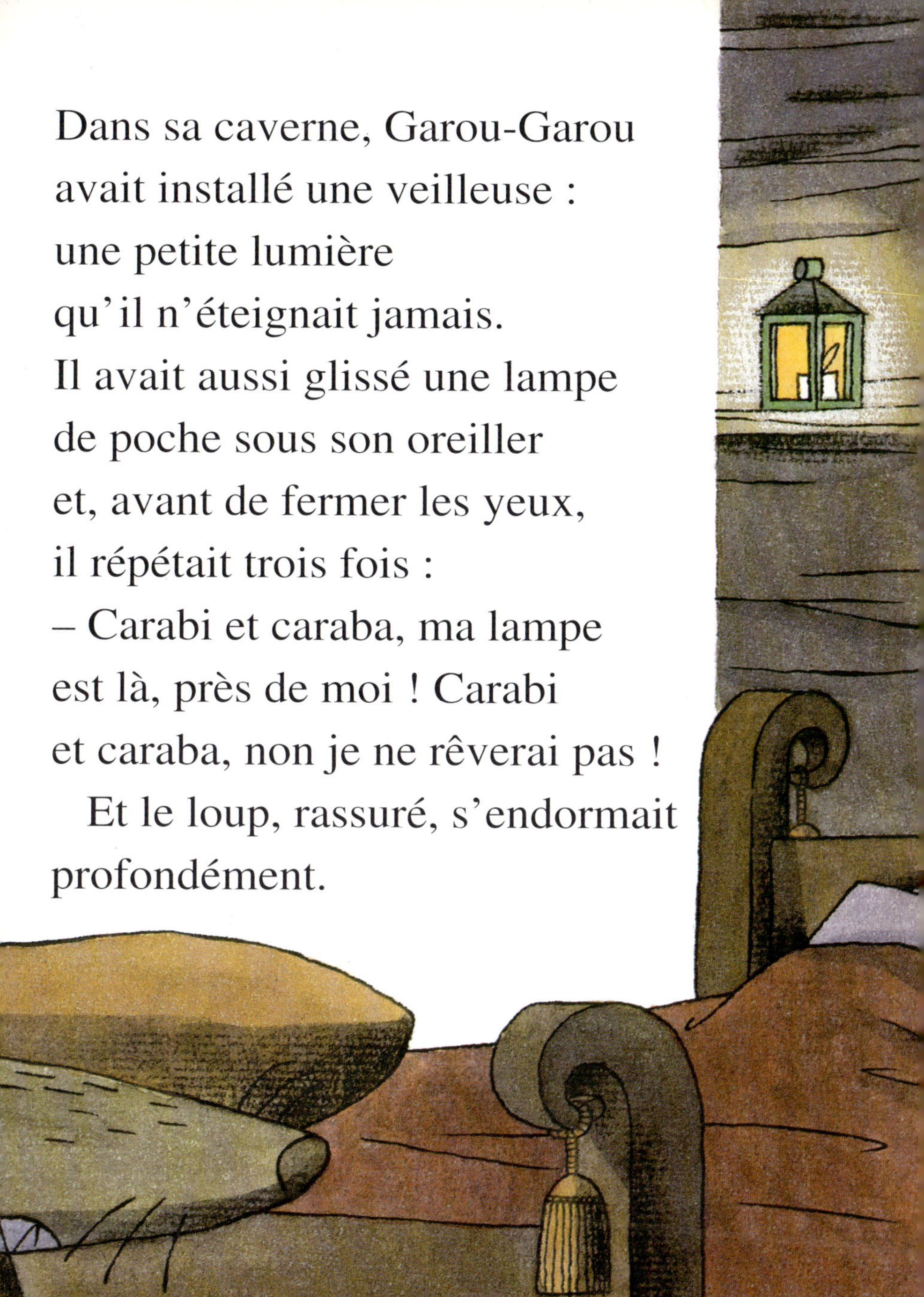

Dans sa caverne, Garou-Garou
avait installé une veilleuse :
une petite lumière
qu'il n'éteignait jamais.
Il avait aussi glissé une lampe
de poche sous son oreiller
et, avant de fermer les yeux,
il répétait trois fois :
– Carabi et caraba, ma lampe
est là, près de moi ! Carabi
et caraba, non je ne rêverai pas !

Et le loup, rassuré, s'endormait
profondément.

Hélas, chaque nuit,
il se réveillait en sursaut.
Des ombres dansaient
autour de lui : des sorcières
au long nez, des ogres affamés
qui voulaient le dévorer…
Et le loup se mettait à hurler :
– Ouh, ouh, ouh !

Il bafouillait, il bredouillait :
– Au sec… sec… au secours !
Au fou ! Au chou ! Au loup !

Il plongeait la tête la première
sous son édredon
en pleurnichant :
– Maman ! Maman !
Y'a un géant ! Y'a un méchant !

Puis, au bout d'un moment,
le loup se frottait les yeux,
il allumait sa lampe de poche
et la dirigeait vers la fenêtre
et la forêt.
Aussitôt, toutes les ombres
disparaissaient : les sorcières
et les ogres redevenaient
des arbres et des buissons.
Il n'y avait plus aucun géant…
et Garou-Garou soupirait :

– J’ai encore fait
un cauchemar…
Normal quand on a peur du noir !

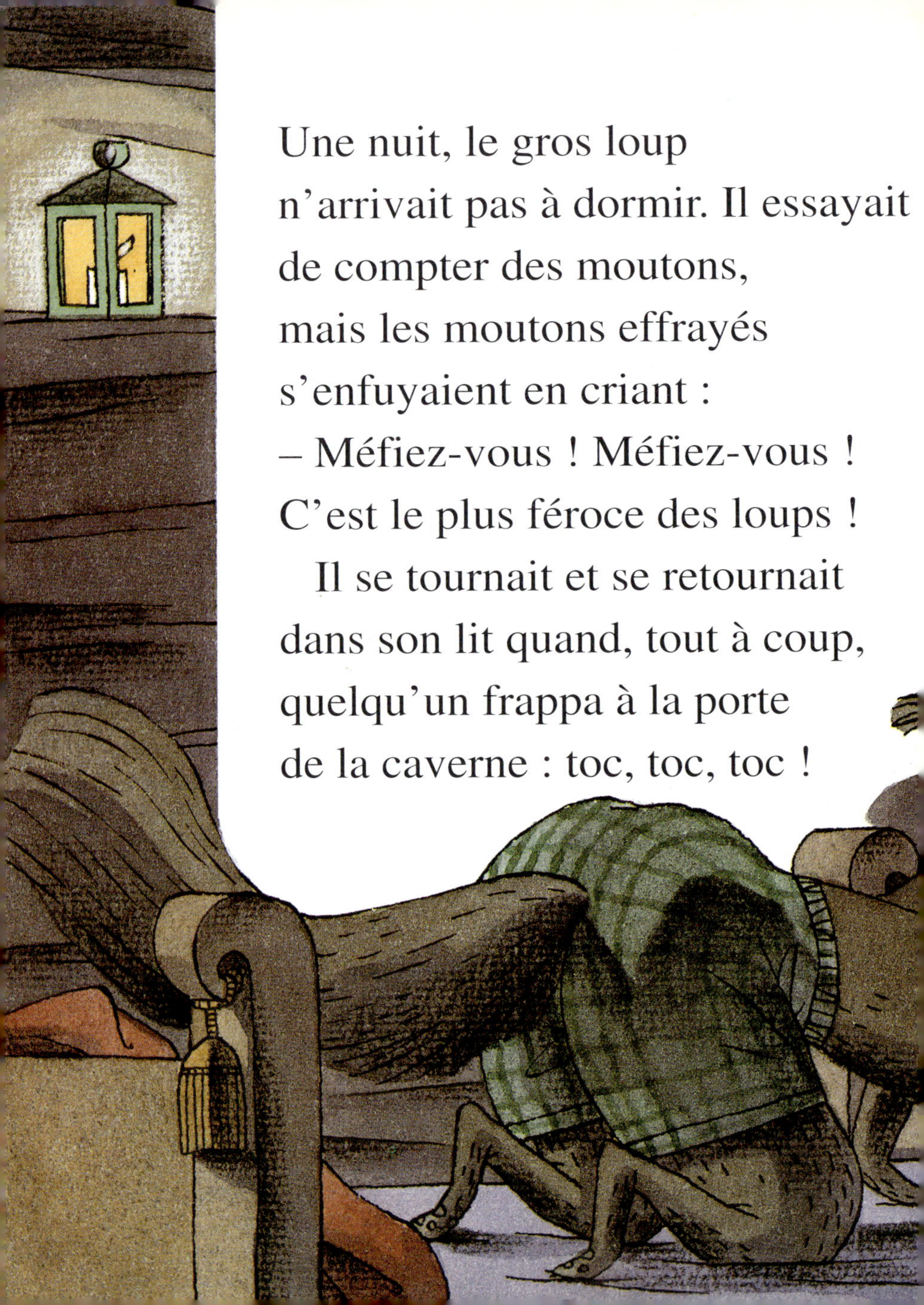

Une nuit, le gros loup n'arrivait pas à dormir. Il essayait de compter des moutons, mais les moutons effrayés s'enfuyaient en criant :

– Méfiez-vous ! Méfiez-vous ! C'est le plus féroce des loups !

Il se tournait et se retournait dans son lit quand, tout à coup, quelqu'un frappa à la porte de la caverne : toc, toc, toc !

Ça alors ! Jamais personne n'avait osé venir chez lui. Garou-Garou se mit à trembler et il chuchota :

– Qui… qui… qui est là ?

– Noémie ! répondit une voix très douce.

Le loup s'approcha
sur la pointe des pattes
et regarda par le trou
de la serrure… mais la nuit était
si noire qu'il ne distingua rien.

– Que… que… que veux-tu ? grogna Garou-Garou.
– Je suis perdue dans la forêt, dit la petite fille. J'ai peur. Aidez-moi, s'il vous plaît !

Très surpris, le loup toussota et demanda :
– Connais-tu Garou-Garou ?
– Garu-Gara-Garou ? Pas du tout ! dit Noémie.

Alors le loup eut une idée, une idée géniale. Il cacha sa lampe de poche sous son matelas. Seule la veilleuse éclairait encore la caverne…
« Comme ça, la petite fille ne me verra pas… » pensa-t-il. Et il ouvrit la porte.

– Je peux entrer ? fit Noémie.
– Bien sûr ! répondit le loup.
Je m'appelle Garou-Garou.

La petite fille ouvrit de grands yeux et s'écria :
– Oh là là ! On n'y voit rien, chez vous ! Vous n'auriez pas une lampe de poche, par hasard ?

– Euh… non, non, non ! bredouilla le loup.

– Tant pis ! dit Noémie, qui grimpa sur le lit en souriant et s'endormit aussitôt.

Garou-Garou n'en revenait pas. Pour la première fois de sa vie, il avait parlé à quelqu'un… et quelqu'un lui avait répondu sans se mettre à hurler de terreur. Pour la première fois de sa vie, on lui avait souri. Pour la première fois de sa vie, il aimait le noir qui cachait ses oreilles velues et ses longues dents pointues.

Le loup était si ému
que deux petites larmes
brillèrent au coin de ses yeux.
– Oui, mais demain…
soupira-t-il. Demain, il fera jour !
Demain, Noémie s'enfuira
et tout recommencera
comme avant.

Garou-Garou sortit sa lampe de poche et dirigea la lumière vers le grand lit où dormait la petite fille. Ses deux nattes blondes formaient un cœur sur l'oreiller.
Enfin, très fatigué, le gros loup s'allongea sur le sol et s'endormit.

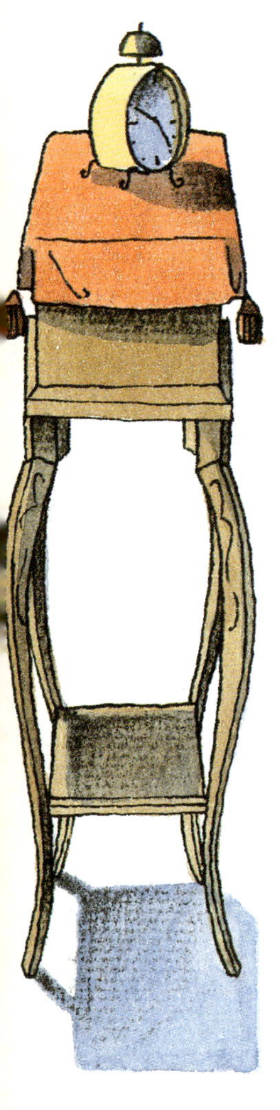

Le lendemain matin, Noémie entrouvrit les yeux. Elle aperçut une énorme forme noire, roulée en boule sur le tapis. Surprise, elle chuchota :

– C'est vous, Garou-Garou ?

– Oui, c'est moi, répondit le loup.

Garou-Garou n'osait pas bouger, de peur d'effrayer la petite fille, et il ajouta :

– Si tu veux, tu peux t'en aller. La porte n'est pas fermée à clef.

– Oh, non ! dit Noémie. Je préfère rester encore un peu.

Elle sauta hors du lit
et s'approcha de Garou-Garou :
– Vous êtes un chien géant ?
un chien très méchant ?
– Pas du tout ! fit Garou-Garou.
– Vous êtes un éléphant poilu ?
un mammouth velu ?
– Pas du tout ! fit Garou-Garou.
– Vous êtes peut-être un loup ?
demanda la petite fille.
– Exactement ! fit Garou-Garou.
Je suis un loup qui a peur
de tout.
– Même des petites filles ?
s'étonna Noémie.
– Oui… fit Garou-Garou,
qui n'en était plus très sûr.

Alors Noémie s'assit
à côté de l'énorme loup
et caressa sa fourrure noire.
– Vous êtes très doux, monsieur
le loup qui a peur de tout !
Moi, je n'ai pas peur de vous.

En riant, la petite fille fit signe à Garou-Garou de se lever et elle sauta sur ses épaules :

– En route, monsieur le loup ! J'habite de l'autre côté de la forêt ; pourriez-vous m'y conduire, s'il vous plaît ?

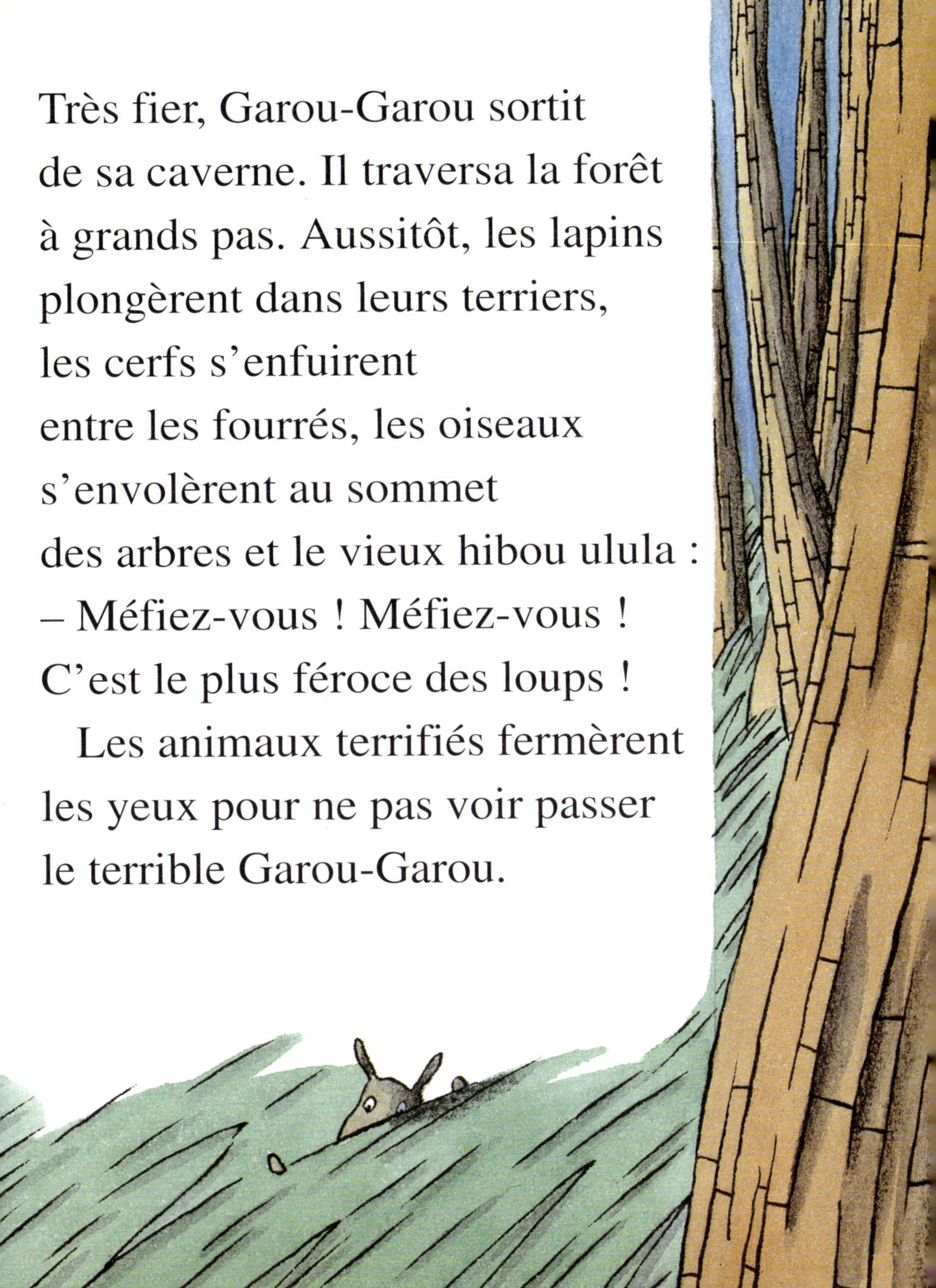

Très fier, Garou-Garou sortit de sa caverne. Il traversa la forêt à grands pas. Aussitôt, les lapins plongèrent dans leurs terriers, les cerfs s'enfuirent entre les fourrés, les oiseaux s'envolèrent au sommet des arbres et le vieux hibou ulula :

– Méfiez-vous ! Méfiez-vous ! C'est le plus féroce des loups !

Les animaux terrifiés fermèrent les yeux pour ne pas voir passer le terrible Garou-Garou.

Mais tout à coup, le vieux hibou
entrouvrit un œil…
et qu'aperçut-il ? Une petite fille
aux deux nattes blondes,
assise sur les épaules du loup !
– Regardez tous Garou-Garou !
Il n'est plus féroce du tout !

– Il n'est plus féroce du tout ?
s'étonna un lapin peureux.
– Plus féroce du tout, du tout,
du tout ? sifflèrent les oiseaux
heureux.

Et les animaux éberlués
suivirent le loup sur le sentier.
Mais Garou-Garou
ne se retourna pas.
Il traversa la forêt à grands pas,
emportant Noémie ravie.
On raconte qu'il n'est pas revenu
chez lui et qu'il n'a plus jamais
eu peur de la nuit.

Ann Rocard

Elle a quatre garçons musiciens et une maison toujours pleine d'enfants. Elle a écrit beaucoup de livres pour la jeunesse et enregistré plusieurs disques. Sa passion, c'est le théâtre : écrire des pièces, les mettre en scène, fabriquer costumes et décors, monter des spectacles.

Christophe Merlin

Quand il était petit, il avait une auto à pédales, une grosse, tout en fer. Alors forcément, il rêvait d'être pilote. En Bretagne, dans la grande maison où il a passé son enfance, le bas des murs ainsi que quelques arbustes s'en souviennent encore…

En « Première Lune », retrouve Garou-Garou dans :
Le loup qui n'avait jamais vu la mer
Le loup qui tremblait comme un fou
Le loup qui sifflait trois fois
et Le vampire qui avait mal aux dents.

Dans la même collection

Arnaud Alméras

Barbichu et
la machine à fessées

Barbichu et
le détecteur de bêtises

Barbichu et
le Confiscator

Calamity Mamie

Les vacances de
Calamity Mamie

Hubert Ben Kemoun

Tous les jours, c'est foot !

Même pas cap !

Ce n'est pas le vrai !

Jean-Michel Billioud

Le vélo, c'est trop dur !

Nicolas-Jean Brehon

Un petit grain
de rien du tout

Claude Clément

Princesse Chipie
et Barbaclou

Bon anniversaire
Barbaclou !

Jean-Loup Craipeau

Un Noël à poils doux

Elsa Devernois

Qu'est-ce que tu me
donnes en échange ?

Danielle Fossette

Je ne veux pas aller
au tableau !

Je me marierai
avec la maîtresse

Jacqueline Frasca

Dent de loup

Anne et Claude Gutman

Comment se débarrasser
de son petit frère ?

Fanny Joly

Juliette Mangemiette

Dédé télécommandé

Dans la même collection

Thierry Lenain

Menu fille ou menu garçon ?

Crocodébile

Tête de grenouille

Merci moustique !

Gérard Moncomble

Mimi la Montagne

Geneviève Noël

Un super anniversaire

Le perroquet bête comme ses pattes

Yves Pinguilly

Les vacances du poisson rouge

Ann Rocard

Le loup qui avait peur de tout

Le loup qui tremblait comme un fou

Le loup qui n'avait jamais vu la mer

Le loup qui sifflait trois fois

Le vampire qui avait mal aux dents

Béatrice Rouer

T'es plus ma copine !

Mon père, c'est le plus fort !

Le pestacle et les pétards

Nulle en calcul !

Tête à poux

La tête à Toto

Souris d'avril !

C'est mon amoureux !

La maîtresse en maillot de bain

Le fils de la maîtresse

Je le dirai à ma mère !

Sourichérie

Éric Sanvoisin

Bizarre le bizarre

Alain Surget

C'est moi le plus malin !

Claire Ubac

Hugo n'aime pas les filles

N° d'éditeur : 10044617 - (III) - (16) - CSB - T - S - 170 – Dépôt légal : janvier 1998
Impression et reliure : Pollina s.a., 85400 Luçon - n° 73770-B – ISBN 2.09.282415-5
Conforme à la loi n° 49956 du 16 juillet 1949 sur les publications destinées à la jeunesse.